Célestine

petit rat de l'Opéra

22, rue Huyghens, 75014 Paris
www.albin-michel.fr

Loi n° 49-956 du 16 juillet 1949
sur les publications destinées à la jeunesse,
modifiée par la loi n° 2011-525 du 17 mai 2011.

Gwenaële Barussaud
Illustré par Myrtille Tournefeuille

Célestine
petit rat de l'Opéra

11. La leçon de danse

Albin Michel Jeunesse

Célestine

Iris

Petit rat de l'Opéra
et amie de Célestine.
Élève de première année.

Lison

Petit rat de l'Opéra
et amie de Célestine.
Élève de première année.

Adèle

Petit rat de l'Opéra
et amie de Célestine.
Élève de deuxième année.

Solange

Petit rat de l'Opéra.
Élève de première année.

Rosita Mauri

Professeure de danse
et directrice adjointe
de l'Opéra.

Albert Pardoux

Concierge de l'Opéra.

Thomas

Titi parisien,
vendeur de bonbons.

Henri-Pierre Rauline

Architecte.

Castille Rauline

Fille de M. Rauline.

Hubert Depoix

Pianiste à l'Opéra.

Dans les tomes précédents

Après des années passées à s'entraîner dans la blanchisserie de sa mère, à Lille, Célestine a quitté sa ville natale pour Paris, où elle a intégré l'école de danse de l'Opéra. Depuis, elle a beaucoup progressé grâce aux cours de Mademoiselle Mauri et aux conseils d'Adèle, une élève de deuxième année avec qui elle partage sa chambre, à la pension Gordon. Dans sa classe, elle est aussi devenue amie avec Iris et Lison. Toutes les trois explorent l'Opéra et travaillent dur dans l'espoir de devenir un jour danseuses étoiles.

Chapitre 1

En ce matin de janvier 1901, il fait un froid glacial dans le grand escalier de l'Opéra, où les petits rats, emmitouflés dans leurs manteaux, sont réunis en attendant le début des cours. Chaque fois que l'une des élèves prend la parole, un nuage de vapeur s'échappe de sa bouche et s'envole dans les airs, vers la coupole où sont peints des dieux de l'Olympe. Et comme les fillettes veulent toutes parler en même temps, un halo de brume semble envelopper les marches sur lesquelles elles sont assises.

– L'Opéra m'a manqué ! affirme Adèle. La Bretagne, c'est bien, mais ça ne vaut pas les lumières de Paris !

– Moi, je serais bien restée quelques jours de plus à Deauville, déclare Iris. Il n'y a rien de plus beau que la mer en hiver, quand les plages sont désertes et qu'un soleil pâle jette ses rayons sur le sable. C'est tellement romantique !

– Ce qui est vraiment romantique, rétorque Solange, c'est de passer Noël à la montagne. Ah, les sapins enneigés, les chalets, les courses de traîneaux ! C'est bien simple, je ne me suis jamais autant amusée que pendant ces vacances !

– Oh ! fait Lison, rêveuse. Ça devait être merveilleux ! Tu étais en Auvergne ?

– En Auvergne ? répète Solange avec une moue dédaigneuse. Tu plaisantes ! L'Auvergne, c'est pour les paysans ! Moi, je vais en Suisse, à Genève. C'est bien plus chic !

Lison baisse les yeux. Célestine lève les siens au ciel. Décidément, la gentillesse ne fait pas partie des bonnes résolutions de Solange pour la nouvelle année qui commence ! Elle semble aussi prétentieuse et méchante que l'an passé !

– C'est bien simple, répète-t-elle d'une voix aiguë, comme je l'ai dit à papa, je refuse désormais de fêter le réveillon ailleurs qu'à Genève...

– Tu en as de la chance, siffle Annabelle, éperdue d'admiration. J'espère que tu m'emmèneras l'année prochaine... J'ai passé Noël à la pension de la rue Daunou, avec madame Gordon, et c'était tout à fait sinistre... ajoute-t-elle en faisant la grimace.

Solange a un petit sourire hypocrite.

– Eh bien, j'en parlerai à papa... Mais pour ça, il faudra que tu m'obéisses toute l'année !

– Bien sûr ! s'exclame Annabelle. Tout ce que tu voudras !

Adèle se lève brusquement.

– Allons ! Les cours vont commencer ! Il est temps de rejoindre nos professeurs !

Aussitôt, les petits rats se redressent d'un bond et grimpent en courant les marches de l'escalier. Seule Lison reste à sa place, la tête basse, les épaules rentrées, visiblement abattue. Célestine se retourne.

– Lison, tu ne viens pas ?

– Si, si... j'arrive...

– Quelque chose ne va pas ? s'inquiète Célestine. Tu as l'air toute triste...

– C'est que... enfin... en vous écoutant raconter vos vacances avec vos familles, cela m'a rappelé la mienne.

– Oh, je comprends... Tu as pourtant passé un joyeux Noël avec Mademoiselle Mauri, n'est-ce pas ?

– Oh oui, un Noël formidable ! Sa famille a été très gentille avec moi ; sa maman avait préparé un véritable festin, et Mademoiselle Mauri m'a offert des chocolats... Mais, ce n'était pas comme à la maison. Mes parents ne sont peut-être pas très riches, mais moi, j'aimais nos Noëls dans la montagne, quand nous partagions une bonne truffade au lard et des marrons au coin du feu...

– Une truffade ? Qu'est-ce que c'est ? demande Célestine.

– C'est un plat de chez nous, avec des pommes de terre recouvertes de fromage fondu... C'est délicieux ! On la dégustait serrés dans le cantou[1], les uns contre les autres. Ma grand-mère racontait des histoires d'autrefois, nous chantions ensemble des refrains auvergnats, et mes petits frères finissaient par s'endormir contre moi.

Célestine hoche la tête.

– Tu as raison, Lison. Le plus important à Noël, c'est la famille. Moi non plus, je ne pouvais envisager de passer ce temps sans maman. Et finalement, c'est elle qui m'a fait la surprise de me rejoindre à Paris ! Mais quand elle a repris son train, gare du Nord, j'ai eu beaucoup de mal à retenir mes larmes...

– Tu sais, Célestine, parfois je me demande si tout ça vaut le coup...

– Que veux-tu dire ?

– Cette séparation, l'éloignement de notre famille, tous ces efforts pour devenir danseuse... C'est quand même beaucoup de sacrifices. Est-ce que je n'aurais pas dû rester à

1. La truffade est un plat typiquement auvergnat à base de pommes de terre et de cantal fondu. Le « cantou » désigne la cheminée, en patois.

Laroquebrou, près d'Aurillac, pour m'occuper de la ferme avec mes parents ? Au moins, je les verrais tous les jours...

– Hum... je te comprends, il m'arrive de me poser les mêmes questions. Je crois que tous les petits rats qui n'ont pas grandi à Paris y pensent un jour ou l'autre...

– Vraiment ?

– Oui. Quand je doute, je ferme les yeux, je plonge dans mes souvenirs pour retrouver ce jour où je suis venue ici passer l'audition de l'école de ballet[2]. J'essaie de me rappeler ce qui m'a motivée, et chaque fois, je ressens ce désir très fort de devenir ballerine à mon tour, de vivre pour la danse, dans le décor magique de l'Opéra !

Lison sourit tristement. Elle lève la tête. Depuis la balustrade du dernier étage, Iris leur adresse de grands signes de la main.

– Hé ho ! Lison ! Célestine ! Dépêchez-vous !

2. Voir le tome 1, *Le palais des fées*.

– Nous arrivons ! lance Célestine. Vite ! ajoute-t-elle en tendant la main à son amie, ou bien nous serons en retard. Évitons de nous faire remarquer dès le premier jour de cette nouvelle année !

Les deux fillettes grimpent les étages quatre à quatre, main dans la main. Quand elles arrivent, essoufflées, devant la porte de la salle de cours, elles entendent la voix de Mademoiselle Mauri... Elles retiennent leur souffle : le cours vient de commencer.

– Comprenez-moi bien, mesdemoiselles ! Les trois mois à venir sont fondamentaux pour chacune de vous ! Fon-da-men-taux !

Mademoiselle Mauri semble tellement absorbée par son discours qu'elle ne cille[3] même pas lorsque Célestine et Lison, enfin prêtes, se glissent discrètement parmi les fillettes assises en demi-cercle autour de leur professeure.

---

3. Ne pas cligner des yeux, c'est-à-dire ne pas réagir.

Chapitre 1

– C'est en effet au terme de ces trois mois, en avril, que vous passerez l'examen pour accéder au niveau supérieur. Oh, je sais que vous vous voyez déjà toutes en deuxième année, que vous rêvez de chausser des pointes et de figurer dans les ballets de l'Opéra ! Les élèves de monsieur Hansen n'ont pas manqué de vous raconter comme c'est merveilleux

d'appartenir au corps de ballet, de connaître enfin l'excitation des coulisses, la féerie des représentations et la joie des applaudissements ! C'est vrai. Mais cela ne sera possible qu'aux meilleures d'entre vous. C'est pourquoi il importe que vous soyez particulièrement attentives. À partir d'aujourd'hui, nous travaillerons l'épreuve imposée que vous présenterez au jury le jour de l'examen. C'est le moment ou jamais de montrer ce dont vous êtes capables. Travaillez sans cesse, le moindre relâchement, le moindre découragement peut vous être fatal…

Lison jette à Célestine un regard inquiet. Une de leurs camarades lève le doigt.

– Combien de places y a-t-il en deuxième année, Mademoiselle Mauri ?

– Il y a dix-huit places, et vous êtes vingt-quatre. Cela signifie que six d'entre vous quitteront l'école après les examens.

Les petits rats se dévisagent d'un air affolé. Aucun ne veut être parmi les élèves qui seront renvoyées à la fin de la première année.

– Et maintenant, mesdemoiselles, au travail ! lance Mademoiselle Mauri. À la barre ! Première position !

La professeure se tourne vers le pianiste et, d'un signe de tête, l'invite à jouer. Les danseuses s'exécutent, plus concentrées que jamais, l'esprit déjà tendu vers la démonstration qui décidera de leur destin.

Chapitre 2

Durant les semaines qui suivent, toutes les élèves s'appliquent à suivre les conseils de Mademoiselle Mauri. Malgré le froid, malgré la fatigue, elles redoublent d'efforts afin de s'améliorer et d'atteindre le meilleur niveau possible. Sans relâche, toutes travaillent leur épreuve imposée afin de convaincre le jury que leur place est bien dans le corps de ballet de l'Opéra. Toutes... sauf Lison. Depuis le début du mois de janvier, l'amie de Célestine suit les cours sans entrain. Elle semble ailleurs. Elle se trompe dans la chorégraphie, oublie les pas, danse à contretemps[4]. La professeure la reprend avec douceur :

– Allons, Lison, concentre-toi ! Tu es capable de faire beaucoup mieux, tu nous l'as montré mille fois !

Lison hoche la tête et baisse les yeux. Elle paraît complètement découragée.

– Mesdemoiselles, n'oubliez pas que votre enchaînement est une valse de Chopin ! s'exclame la professeure. Une invitation à la malice et à la rêverie ! Je veux de la légèreté, de la fluidité, de la précision... et de la gaieté ! Pas question de prendre des airs abattus ou d'avoir des mines d'enterrement ! On lève la tête, on sourit ! Allez, Célestine, c'est à toi !

La fillette s'avance au centre de la pièce et se place en deuxième position. Elle commence par une série de pas chassés en diagonale, puis enchaîne sur des fouettés. La musique est joyeuse, entraînante. Célestine

4. Pas en rythme.

sourit. Rond de jambe, enveloppé, pas de basque...

– Les bras, Célestine ! Attention à ton port de bras !

Le petit rat corrige. Quelques pas de liaison lui permettent de récupérer son souffle. Puis ce sont les pirouettes ! Une, deux, trois... Célestine revient au centre de la pièce. Changement de pied, plié... ça va être l'arabesque. Célestine se concentre pour garder l'équilibre, elle compte trois temps dans sa tête : un... deux... trois, et retour en cinquième position. Elle lève la tête vers Mademoiselle Mauri.

– C'était bien, Célestine. Mais il faut que tu améliores encore ton port de bras... Comme ceci, regarde...

La professeure fait une brève démonstration, et toutes les élèves sont impressionnées par sa grâce et la pureté de ses mouvements.

Comme les gestes semblent faciles, quand c'est elle qui les exécute ! Même monsieur Depoix, le pianiste, en oublie de regarder sa partition et demeure comme hypnotisé, les yeux fixés sur la danseuse. À la fin du morceau, il frappe timidement dans ses mains pour l'applaudir. Mademoiselle Mauri rougit un peu.

– Eh bien... C'est... c'est tout pour aujourd'hui ! bredouille-t-elle. Nous reprendrons demain ! Bonne soirée, mesdemoiselles ! Célestine, Iris, je souhaiterais vous voir ! ajoute-t-elle plus bas.

Les deux amies se dévisagent. Que se passe-t-il ? Les autres petits rats quittent la pièce en échangeant des regards interrogatifs. La professeure ferme la porte et déclare à voix basse :

– Je sais que vous êtes de bonnes amies de Lison, elle me parle souvent de vous, c'est pourquoi je souhaitais vous entretenir de son attitude en privé... Voilà, je m'inquiète pour elle. Vous savez que sa situation est particulière. Comme ses parents habitent loin de Paris, en Auvergne, elle vit chez moi depuis presque un an. Pour moi, c'est une joie de l'avoir sous mon toit. C'est un bon caractère. Elle est un peu timide et réservée, c'est vrai, mais elle est douce et généreuse. Depuis Noël, pourtant, ce n'est plus vraiment la même. Je la trouve très abattue. À la maison, elle reste des heures à regarder par la fenêtre, sans rien faire. Lorsque nous soupons, elle mange peu, parle à peine. Elle a toujours l'air triste. Savez-vous ce qu'il se passe ? Vous aurait-elle confié quelque chose ?

Iris secoue la tête.

– Non, mademoiselle. Lison ne m'a rien dit. J'ai remarqué moi aussi qu'elle n'était plus enjouée comme avant. Elle venait souvent à la maison prendre le goûter, mais, depuis Noël, elle trouve toujours un prétexte pour refuser.

Un jour elle a mal à la tête, un autre elle doit préparer le souper...

– Hum... c'est bien ce que je craignais, soupire Mademoiselle Mauri. Elle s'éloigne de ses amies aussi... J'ai l'impression que tout ce qui est lié à l'Opéra l'indiffère. Ce qui m'inquiète le plus, c'est que l'examen de fin d'année a lieu dans près de deux mois maintenant, et que Lison, si elle ne se ressaisit pas, risque de le rater. En cours, elle n'est pas assez concentrée, elle ne connaît toujours pas son enchaînement pour l'épreuve imposée. Ce serait bien dommage, pour elle comme pour l'Opéra, si elle était recalée[5]. Elle montre tellement de prédispositions[6] pour la danse ! Peut-être que je devrais appeler un médecin...

– Oh non, mademoiselle, ce n'est pas la peine ! lance Célestine en s'agitant soudain. Je sais, moi, ce que Lison a. Je peux vous le dire : elle a le mal du pays.

5. Refusée, pas admise à l'examen.

6. Capacités, talents.

– « Le mal du pays » ? répète Iris en ouvrant de grands yeux.

Célestine hoche la tête.

– Parfaitement, confirme-t-elle, le mal du pays ! C'est la maladie de ceux qui sont loin de chez eux.

– Hum… je vois… J'ai connu ça, moi aussi, en quittant l'Espagne, déclare Mademoiselle Mauri. Mais, Dieu merci, cela n'a jamais été grave au point de m'empêcher de danser ! J'ai tellement voyagé que j'ai fini par m'habituer à ces changements. Quand on est une étoile, on n'a pas vraiment le choix… Et puis, la danse console de tout, ajoute-t-elle, rêveuse.

– Eh bien, moi, je n'avais jamais entendu parler de ce mal, avoue Iris. Tu es savante, Célestine ! Comment sais-tu tout ça ?

– Il y a deux ans, à Lille, maman a engagé la nièce de madame Suzanne, une fille qui venait des Alpilles, dans le sud de la France.

Elle avait un drôle d'accent et n'avait jamais vu autre chose que ses collines où elle gardait les chèvres sous un soleil brûlant, en écoutant les cigales. Elle s'appelait Fanny. Son père était chevrier, il était veuf. Quand Fanny a eu quinze ans, il l'a envoyée à Lille chez sa sœur, madame Suzanne, en pensant que c'était mieux pour sa fille d'être blanchisseuse plutôt que chevrière. Que ça lui ferait une bonne situation, comme on dit. Ma mère l'a engagée et lui a confié les chemises des clientes. Mais voilà : en quelques mois, la pauvre Fanny a complètement dépéri. Elle ne se nourrissait plus, maigrissait à vue d'œil. Elle ne chantait plus. Son beau teint hâlé est devenu plus blanc que les vêtements qu'elle repassait. Quand je lui demandais ce qu'elle avait, elle disait qu'elle voulait revoir ses collines. Un jour, elle était si faible qu'elle s'est évanouie au milieu de la boutique, d'un seul coup.

Joignant le geste à la parole, Célestine se laisse tomber sur le parquet, sous le regard stupéfait de Mademoiselle Mauri et d'Iris. Elle demeure un instant ainsi, les yeux fermés, les bras en croix, puis se relève soudainement.

– Madame Suzanne a fait venir un médecin. « Mal du pays », qu'il a dit comme ça, en pointant son index vers le ciel, comme font les gens savants. Alors on a demandé ce qu'on pouvait faire pour la soigner, s'il existait un remède, des médicaments... Il a répondu : « Il n'y a qu'un seul remède, madame, c'est de ramener cette malheureuse enfant chez elle. »

– Et alors ? Que s'est-il passé ?

– Sa tante lui a acheté un billet de train pour Aubagne et l'a renvoyée dans ses collines ! Un mois plus tard, elle a reçu une lettre du père de Fanny qui déclarait que sa fille était parfaitement remise et qu'elle allait épouser un berger !

Mademoiselle Mauri ne peut s'empêcher de sourire.

– Tout est bien qui finit bien… Et toi, Célestine, tu as un talent certain pour raconter les histoires…

– Malheureusement, cela ne nous dit pas ce que nous pouvons faire pour la pauvre Lison… intervient Iris. Vous n'allez quand même pas la renvoyer en Auvergne, Mademoiselle Mauri ?

La professeure secoue la tête.

– Pas maintenant. Pas avant d'avoir tout tenté pour lui rendre sa joie de vivre. Mais si, hélas, ça ne marche pas, je crains que…

– Attendez ! s'écrie Célestine en sautant sur ses pieds. J'ai une idée ! Oh, mademoiselle, laissez-moi une bonne semaine, et je vous promets de faire passer à Lison son mal du pays !

– D'accord, Célestine ! Il faut cependant que…

Mais Mademoiselle Mauri n'a pas le temps d'achever sa phrase que Célestine attrape son sac, salue sa professeure et s'éclipse.

Rosita Mauri hausse les épaules et ouvre ses mains dans un geste d'impuissance. Iris hoche la tête.

– Quand Célestine a une idée en tête, c'est difficile de l'arrêter... explique-t-elle.

Célestine dévale le grand escalier de l'Opéra.

– Et maintenant, direction le boulevard Haussmann ! murmure-t-elle en enjambant soigneusement la treizième marche, dont on dit qu'elle porte malheur.

Chapitre 3

Le boulevard Haussmann a bien changé depuis que Célestine est venue avec ses amies y admirer les devantures de Noël. La foule ne se presse plus devant les vitrines des grands magasins. La fillette n'a aucun mal à repérer l'étal du père de Thomas, son ami, qui vend des friandises à l'entrée du Printemps.

– Eh ! Tom !

– Ça alors, Célestine ! Quelle surprise ! s'exclame le titi parisien, qui mordille un bâton de réglisse. Il y a belle lurette[7] que je ne t'ai pas vue !

---

7. Longtemps. En tant que titi (gamin de Paris), Thomas parle en argot.

– C'est que j'ai beaucoup de travail en ce moment, explique Célestine. Des examens auront bientôt lieu pour déterminer notre passage en deuxième année. Il faut que je m'entraîne très sérieusement si je ne veux pas quitter l'école de ballet !

– Toi ? s'étonne Thomas en écarquillant les yeux. Balivernes ! Je t'ai vue danser et je peux t'assurer qu'aucune des élèves de l'Opéra ne t'arrive à la cheville ! Tu es la meilleure de toutes, je le jure sur ma casquette !

– C'est gentil ! répond Célestine dans un sourire.

– Alors, qu'est-ce qui t'amène par ici ? l'interroge Thomas. Tu viens pour le blanc ?

– Pardon ?

– Je te demande si tu viens pour la saison du blanc ?

Célestine ne comprend pas. Elle secoue la tête.

– Qu'est-ce que c'est, la saison du blanc ?

– Bah, c'est une idée de m'sieur Boucicaut, le patron du grand magasin qu'on appelle « Au Bon Marché ». Comme les clientes ne venaient plus après Noël, il a eu l'idée de les attirer en mettant en vitrine du beau linge de maison : des draps, des nappes, des serviettes et tout le toutim... « Le blanc » qu'ils appellent ça ! On dit que c'est en regardant la neige tomber que ça lui a traversé le ciboulot[8]. Après, bien sûr, tous les autres magasins l'ont copié, rapport aux bénéfices que ça lui faisait !

– C'est astucieux, remarque Célestine. Mais je ne viens pas acheter du blanc, je viens pour mon amie Lison.

– Elle a des pépins[9] ?

– Non... enfin, si. Elle a le mal du pays, c'est-à-dire qu'elle voudrait retourner chez elle, en Auvergne.

---

8. La tête, l'esprit, en argot.

9. Soucis, problèmes, en argot.

– En Auvergne ? Quelle drôle d'idée ! Je ne comprends pas comment on peut avoir envie de quitter Paris qu'est la plus belle ville du monde pour aller en Auvergne !

– Bah, tu dis ça parce que tu es parisien ! Mais Lison a toujours vécu là-bas, elle y a tous ses souvenirs. Sa famille lui manque, et les paysages de cette région, aussi...

– Hum... je vois, mais comment est-ce que je peux t'aider, Célestine ?

– Tu te souviens du jour où nous sommes allés à l'Exposition universelle ?

Tom hoche la tête. Bien sûr qu'il s'en rappelle. C'était la première fois qu'il passait une journée avec Célestine et Adèle, et ils s'étaient drôlement bien amusés ! C'est là que leur amitié est née[10] !

– Il y avait un village suisse avec des montagnes, des pâturages, une cascade...

– ... et des vaches !

10. Voir le tome 2, *Le chausson rouge*.

– Parfaitement ! Nous avons bu un bol de lait crémeux !

– Je m'en souviens comme si c'était hier ! s'exclame Thomas. Mais je ne vois pas le rapport avec ton amie Lison...

– Eh bien, voilà... explique Célestine, les yeux pétillants de malice. Pour guérir Lison, pour lui permettre de retrouver sa gaieté et son entrain, il faudrait la ramener dans son pays. Nous ne le pouvons pas, bien sûr, l'Auvergne est trop loin ! Alors j'ai pensé que si elle ne pouvait pas retourner dans ses montagnes, les montagnes pouvaient venir jusqu'à elle !

Thomas se frotte le menton, l'air songeur.

– C'est drôlement malin, ton idée ! Mais voilà… tu oublies que l'Exposition universelle s'est terminée avec l'année 1900 ! Il n'y a plus de Village suisse, avenue de Suffren…

– Tu es sûr ? Plus rien ? Même pas un rocher, un petit chalet ?

– Rien de rien ! Ils ont tout rapporté chez eux. Il ne reste plus que la grande roue… et la tour Eiffel !

Célestine fait la grimace. Ce n'est pas la tour Eiffel qui va rappeler à Lison les paysages de sa région ! Thomas lui tend un bâton de réglisse qu'elle mâchonne nerveusement.

– Oh, mais attends, fait soudain Thomas après un moment de silence. J'ai une idée !

– Laquelle ?

– Tu m'as bien dit que tu cherchais une montagne, hein ? Eh ben, nous autres Parisiens, on a aussi notre montagne !

– Vrai ? Où ça ?

– À Montmartre ! Rappelle-toi[11], le village perché en haut d'une colline, que je t'avais montré depuis le toit de l'omnibus !

Célestine hausse les épaules.

– Ah oui, c'est vrai que c'est joli... mais une colline, ce n'est pas une montagne !

– Celle-ci est quand même très haute ! Sinon, y aurait pas le funiculaire !

– Le funiculaire ?

– Une sorte de wagon qui permet d'atteindre le sommet sans se fatiguer.

Célestine réfléchit. Ce serait dommage de ne pas essayer...

– Tu crois qu'on pourrait y emmener Lison, disons... dimanche ?

– Bien sûr ! Dimanche, il fera beau ! Ce sera parfait et...

Mais soudain, le père de Thomas le tire par la manche. Une cliente attend devant le stand, les bras croisés.

---

11. Voir le tome 4, *La petite voleuse*.

–Dis donc, gamin, tu vends des bonbons ou tu contes fleurette[12] à ton amie ? Madame a demandé deux cents grammes de pâtes de fruits !

–J'arrive, p'pa ! répond Thomas en rougissant un peu.

–Je te laisse travailler ! lance Célestine. À dimanche ! Rendez-vous devant l'Opéra, vers dix heures !

12. Parler d'amour.

Puis elle s'éloigne en gambadant, le cœur léger. Elle est soulagée. Ce n'est pas vraiment la solution qu'elle avait imaginée, mais c'en est une quand même. Et puis, elle se réjouit d'aller passer une journée à Montmartre avec Lison et Tom. Et peut-être Iris, si ses parents veulent bien la laisser passer son dimanche à la montagne avec eux !

Chapitre 4

Le dimanche suivant, à dix heures, Tom, Célestine et Lison se retrouvent sur les marches de l'Opéra.

– J'ai apporté des boules de gomme et de la guimauve ! annonce Tom en ouvrant sa besace.

– Formidable ! s'exclame Célestine. Moi, j'ai pris du pain et du fromage à la pension !

– Et Mademoiselle Mauri m'a donné des poires, ajoute fièrement Lison.

– Parfait ! À nous trois, nous aurons de quoi partager un vrai festin !

Soudain, une silhouette surgit à l'angle du boulevard de la Madeleine. C'est Iris !

– Iris ! s'écrie Célestine. J'ai cru que tes parents n'avaient pas accepté de te laisser venir.

– J'ai eu du mal à les convaincre. Maman prétend que la colline de Montmartre est un endroit mal famé[13], avec un tas de saltimbanques et de voyous qui vivent dans les rues et te piquent tes sous !

– C'est vrai, Tom ? demande Lison, un peu inquiète.

– Mais non ! Ce ne sont pas des voyous, ce sont des artistes ! Des peintres, des musiciens, des poètes... Bien sûr, ils ne roulent pas sur l'or, mais ce ne sont pas des voleurs ! Et puis, avec moi, vous n'avez rien à craindre, ajoute Thomas.

Et sortant son lance-pierre de sa poche, il précise d'une voix grave :

– Je suis armé !

13. Qui a mauvaise réputation, fréquenté par des personnes peu recommandables.

Devant son air sérieux, Célestine et ses amies ne peuvent s'empêcher d'éclater de rire. Le garçon est un peu vexé.

– En route, dit-il pour faire diversion.

Montmartre n'est pas très loin de l'Opéra. Il suffit de trente minutes de marche pour rejoindre ce quartier nouvellement rattaché à Paris. Pourtant, quand elles y arrivent, Célestine, Iris et Lison ont tout à coup l'impression d'avoir quitté la capitale. Plus de grands immeubles en pierre blanche, mais des baraques couvertes de lierre ; plus de boulevards, mais des ruelles tortueuses. Partout des arbres, des fleurs, des pâturages... On croise des chevriers suivis de leurs petits troupeaux, et des meuniers qui sortent de leur moulin avec des sacs de blé sur les épaules.

– Ça alors ! On se croirait vraiment à la campagne ! s'étonne Iris.

– Vous avez vu ça ? s'enthousiasme Thomas, fier de lui. Quand je vous dis qu'on trouve tout à Paris ! Vous me croyez maintenant ?

Célestine hoche la tête.

– Alors, Lison, est-ce que c'est comme ça, chez toi ?

– Oh non ! s'exclame l'Auvergnate. Les montagnes chez nous sont bien plus hautes ! Si hautes qu'il y a de la neige sur leurs sommets, même en plein été ! Ici, c'est à peine une colline.

Thomas pose sa main sur son épaule.

– Tu n'as encore rien vu, attends un peu qu'on soit là-haut ! Quand tu découvriras la vue grandiose qu'on a, tu n'en croiras pas tes mirettes ! Mais d'abord, on va prendre la ficelle ! ajoute-t-il en désignant l'entrée du funiculaire.

Les enfants achètent quatre tickets et se laissent tomber en riant sur la banquette.

C'est très amusant de grimper dans ce drôle de wagon qui monte à flanc de colline pour transporter les passagers jusqu'au sommet. Par la fenêtre, les filles observent la vie grouillante du quartier. Même si le temps est frais, il y a dehors plein d'enfants qui courent après les pigeons et s'amusent dans les caniveaux, où ils font naviguer des coquilles de noix. Des femmes s'interpellent par les fenêtres, des hommes bavardent sur le seuil des cafés, des musiciens ambulants jouent des airs populaires tandis que des peintres plantent leurs chevalets sous les marronniers aux branches nues.

– Ce n'est pas la montagne, mais c'est drôlement gai ici ! commente Lison quand le funiculaire s'arrête.

Elle bondit hors du wagon en riant. Iris et Célestine s'adressent un clin d'œil. Cela fait longtemps qu'elles n'ont pas vu leur amie aussi joyeuse.

– Et là, Tom ? Quel est cet énorme chantier ? interroge Lison en désignant l'immense échafaudage qui s'élève tout en haut de la colline.

– Ah, ça, c'est la basilique du Sacré-Cœur ! Une sorte de grande église qu'on bâtit depuis plus de vingt ans… C'est à se demander si elle sera terminée un jour. Regarde un peu où sera la coupole, Lison ! Au moins à cent mètres du sol ! Je parie que quand tu pourras monter au sommet, une fois la construction terminée, tu verras les montagnes de ton pays !

– Tu crois ?

– Si j'te l'dis !

Les amis se promènent autour du chantier. Derrière les échafaudages, le Sacré-Cœur ressemble à un gros gâteau blanc, avec ses petits clochers et

ses dômes élancés. Des ouvriers déjeunent, assis sur des tas de pierres. Des femmes leur apportent des casse-croûte et des tonnelets de vin.

– Eh bien, moi, l'altitude me donne faim ! lance Thomas. Si on partageait notre festin ?

– Asseyons-nous par ici ! propose Iris en désignant un muret. On profitera de la vue !

Pendant un instant, tous les quatre restent muets, admirant la ville en contrebas. Au pied des buttes, Paris étend la mer grise de ses toits de zinc, piquée çà et là de verdure sombre. Des panaches de fumée s'élèvent dans le ciel pâle de l'hiver. On devine les rumeurs de la ville, le ballet des passants et des fiacres, la marche ordinaire des foules pressées.

– Que c'est beau ! s'exclame Lison.

– Regardez, c'est l'Opéra ! lance Célestine en reconnaissant le dôme doré.

– Et là, c'est la tour Eiffel ! ajoute Iris.

– Qui veut des boules de gomme ? demande Thomas en leur tendant un sachet de friandises.

Les enfants se régalent. C'est vrai que l'altitude donne faim ! Même Lison, qui a un appétit d'oiseau, reprend deux fois des crêpes apportées par Iris.

– C'est Colette qui les a faites ! précise-t-elle. Mais quand elle a appris que c'était pour une excursion à Montmartre, j'ai bien cru qu'elle allait s'évanouir ! « C'est malheureux qu'une jeune fille de bonne famille comme vous mette les pieds dans ce quartier de voyous ! » imite Iris, les deux poings sur les hanches.

Célestine reconnaît la cuisinière des Montfort. Elle ne peut s'empêcher de rire de bon cœur.

– Bah, fait Thomas, c'est parce qu'elle n'est jamais venue ! Les gens sont pleins de préjugés sur les quartiers populaires, mais s'ils prenaient le temps de s'y balader le dimanche, ils verraient que c'est drôlement chouette et qu'on s'y amuse plus que dans les quartiers chics, où chacun reste chez soi à compter ses sous.

– Moi, j'adore cet endroit, affirme Lison en léchant ses doigts pleins de sucre. Et toi, Célestine, qu'en penses-tu ? Ça te plaît ?

– Ça me plaît tellement que ça me donne envie de danser ! s'enthousiasme le petit rat en esquissant quelques pirouettes.

– Je t'accompagne ! s'écrient en chœur Lison et Iris.

Et aussitôt, les trois amies se lancent dans une chorégraphie improvisée, rivalisant de grâce et de souplesse pour impressionner Thomas. Celui-ci, dans un mouvement de respect, ôte sa casquette, comme s'il était devant la scène de l'Opéra.

Soudain, un vieux monsieur en guenilles[14] arrive avec son violon et accompagne les petits

---

14. Vêtements usés et troués.

rats dans leur danse. Un peintre coiffé d'une casquette usée installe un chevalet et tire des crayons de ses poches. Célestine s'arrête un instant pour reprendre son souffle. Est-ce que l'homme va faire leur portrait ? Elle se souvient des tableaux de Degas qu'elle a admirés dans le salon de Mademoiselle Mauri. Elle aimerait, elle aussi, qu'on la représente en danseuse, en train d'exécuter un mouvement compliqué. Aussitôt, elle reprend l'enchaînement imposé. Arabesque… plié… pirouette !

Elle se concentre sur son port de bras et veille à accomplir des figures parfaites. Ses amies l'imitent. Petit à petit, une foule se masse autour de ce spectacle inattendu. Les enfants jouent des coudes pour mieux voir. Thomas applaudit. Quelques hommes sifflent, admiratifs. Puis, quand la musique cesse, tous se dispersent. Le violoniste salue bien bas et s'éloigne, son instrument sous le bras. Il ne reste que le peintre.

Chapitre 5

– Eh ! la gamine en bleu ! Tiens donc la position pour voir !

Célestine se retourne et demande au peintre :

– Laquelle ?

– Celle où tu as la guibole à l'horizontale !

– Vous voulez dire l'arabesque ? s'enquiert Célestine en maintenant sa jambe bien tendue.

– Appelle ça comme tu veux ! Voilà ! C'est ça !

Célestine fait de son mieux pour garder la position pendant que le peintre jette des coups de crayon brusques sur le papier.

Il semble très concentré, un peu nerveux aussi. Iris et Lison se précipitent pour regarder par-dessus son épaule.

– Oh ! que c'est beau ! lancent-elles en reconnaissant leur amie.

– C'est ressemblant ! remarque Lison.

– Un peu que c'est ressemblant ! dit le peintre en tirant sur sa pipe. Je fais du ressemblant, moi, mesdemoiselles, pas de ces gribouillages qu'on nous propose aujourd'hui...

Thomas s'approche à son tour.

– Ça alors, c'est drôlement bien fait ! Vous dessinez depuis longtemps, m'sieur... ?

– Filochart ! Gédéon Filochart, peintre officiel de la butte Montmartre, répond l'homme à la pipe. Mais ici, tout le monde m'appelle « Gégé-les-pinceaux » !

– Vous vivez ici, m'sieur Filochart ? demande Lison en tendant le cou pour mieux voir le dessin.

– Ah çà ! Faut pas me donner du monsieur, ma mignonne ! Un peu que j'vis ici ! J'y suis même né, figure-toi. Ma mère tenait un troquet[15] rue Lepic. Ici, c'est chez moi. Tenez, je ne suis jamais descendu plus bas que la rue des Martyrs, c'est vous dire !

– Alors, vous n'avez jamais vu l'Opéra ? s'étonne Iris.

– L'Opéra ? Pas besoin d'Opéra ! Ici, on a tout ce qu'il faut pour s'amuser. Entre le Moulin de la Galette et le Moulin-Rouge[16], on danse du soir au matin sans faire de manières.

– C'est bientôt fini ? s'inquiète Célestine, qui commence à perdre l'équilibre.

Gédéon Filochart lève les yeux, l'air contrarié. Il semble surpris d'entendre son modèle parler, comme s'il avait oublié que sa danseuse était un être vivant.

– Minute papillon ! Tiens-toi au banc, si tu veux. C'est point le moment de te casser

15. Café.

16. Ancien moulin, le Moulin de la Galette a été transformé en guinguette, un restaurant festif de plein air. Le Moulin-Rouge est un cabaret où l'on peut assister à des spectacles.

la margoulette alors que je finalise ta trombine[17] ! Les yeux, c'est ça le plus costaud ! précise-t-il à l'intention de son public.

17. « Margoulette » et « trombine » sont deux mots d'argot pour désigner la figure, le visage.

Il recule pour juger sa toile, penche la tête, fait la moue, rajoute un trait ici, un autre là, quelques mèches de cheveux autour du visage, une étoile dans le chignon, puis se déclare satisfait.

– Voilà, gamine ! Ton portrait est prêt ! Tu m'en diras des nouvelles.

Impatiente, Célestine se précipite pour l'admirer. D'abord, elle est un peu déçue. Elle trouve que sa jambe est trop longue et ses bras trop courts. L'ensemble, exécuté au crayon noir, manque de couleurs. Ça ne ressemble pas vraiment aux tableaux de monsieur Degas, mais on la reconnaît bien, et surtout, on dirait une vraie ballerine ! Célestine songe qu'elle pourrait l'afficher dans sa chambre ou bien l'envoyer à sa mère... Madame Legrain serait fière, sans doute, d'avoir un portrait de sa fille en danseuse. Elle l'accrocherait dans sa boutique et les clients seraient épatés...

– Merci, m'sieur Filochart, dit-elle, c'est très réussi !

– Ça fait trente francs, lâche le peintre en tendant le portrait.

Célestine reste abasourdie. Quoi ? C'est elle qui a posé et c'est à elle de payer ?

– Comment ça ? s'étonne-t-elle.

– Le portrait, c'est trente francs, reprend le peintre. Tu ne crois quand même pas que je travaille à l'œil[18], gamine ? Le talent, ça a un prix ! Sans compter le papier et les mines que j'ai dépensés pour toi.

– Mais... je n'ai pas cet argent... bredouille Célestine.

– Bah, demande à tes amies ! Je suis sûr que la gamine au chapeau a des parents pleins aux as[19] ! Pas vrai ? ajoute le peintre en se tournant vers Iris.

18. Gratuitement.

19. Riches.

– Non... je... enfin, je n'ai rien apporté... assure-t-elle. Mais si vous me laissez aller jusqu'au boulevard de la Madeleine, je peux demander à mon père...

– Pour que tu me files sous le nez ? Pas question ! l'interrompt Filochart. Je la connais, la ruse !

– Mais alors, comment peut-on faire ? demande Lison.

Le peintre regarde les enfants d'un air mauvais en faisant des ronds de fumée après avoir tiré sur sa pipe.

– Allez, c'est ton jour de chance, finit-il par déclarer. Je te le fais pour vingt francs. Mais attention ! C'est mon dernier prix.

– Mais enfin, monsieur, puisque je vous dis que je n'ai pas d'argent, insiste Célestine. Ni trente, ni vingt francs, je n'ai rien du tout...

Et, pour prouver que c'est vrai, elle retourne ses poches dont il ne tombe qu'un bâton de réglisse mâchouillé, un ruban, un petit caillou et des épingles à cheveux.

– Faut la croire, m'sieur Filochart, intervient Thomas. Célestine n'est pas riche, vous savez.

Cette fois, le peintre prend un air franchement hostile. Il s'approche de Thomas, le saisit au col et déclare en le regardant droit dans les yeux :

– Écoute-moi bien, mon garçon, j'aime pas qu'on se moque de moi. J'ai fait le portrait de la gamine, j'en demande trente francs, alors soit tu vas me chercher cet argent, soit

j'appelle mes amis pour qu'ils te règlent ton compte.

Le peintre siffle alors entre ses dents. Un homme sort d'un café, l'air menaçant. Un autre, avec un bandeau sur l'œil, surgit de derrière un buisson et s'approche.

Lison se cache derrière Thomas, effrayée. Iris recule d'un pas. Célestine se mord la lèvre. Comment faire pour sortir de ce mauvais pas ?

Chapitre 6

Soudain, un homme s'interpose en plaçant sa canne entre le peintre et les enfants.

– Eh bien, que se passe-t-il ici ?

C'est un monsieur très élégant. Il tient par la main une petite fille au manteau de velours rouge, qui dévisage les enfants de ses grands yeux. Célestine s'interroge : il lui semble avoir déjà vu cette enfant et son père quelque part, mais où ?

– Te mêle pas de ça, l'aristo, lance le peintre en repoussant la canne. Les gamins et moi, on fait des affaires.

– Des affaires ? Quelles affaires ? J'ai plutôt l'impression que vous importunez[20] ces enfants en essayant de leur soutirer de l'argent…

– Papa… papa, répète la petite fille en tirant la main de son père. C'est la fille qui dansait sur le boulevard à Noël, tu te rappelles ? Clémentine, de Saint-Pétersbourg !

L'homme chausse son monocle et se tourne vers Célestine. Elle rougit. Maintenant, elle se souvient très bien de ce spectateur méprisant qui avait refusé de lui jeter des pièces et l'avait traitée de saltimbanque[21]. Elle soupire. Dans quel pétrin s'est-elle encore mise ? Et comment en sortir ? Et dire qu'elle voulait seulement chasser les idées noires de Lison…

– La gamine m'a commandé un portrait, j'ai fait le travail comme il faut et j'entends bien être payé ! grogne le peintre en mettant sous le nez du passant son esquisse de Célestine en arabesque.

---

20. Embêter.

21. Voir le tome 10, *La féerie de Noël*.

Chapitre 6

– Ce n'est pas vrai, m'sieur, affirme Célestine en secouant la tête. Jamais je...

– Oh, c'est beau ! souffle la fillette en admirant le dessin. Tu l'achètes, papa, dis ?

L'homme observe le dessin à son tour, sort de sa poche un billet de vingt francs et le tend au peintre.

– Voilà pour vous. Et maintenant, déguerpissez ou j'appelle les gendarmes !

Gédéon Filochart empoche l'argent en maugréant, replie son chevalet et s'éloigne. Thomas s'essuie le front du revers de la manche.

– Eh bien, on l'a échappé belle !

– Oh, merci, monsieur ! s'exclame Iris en joignant les mains. Nous vous devons une fière chandelle.

– Vous nous avez sauvés ! ajoute Lison.

L'homme se baisse à la hauteur de sa petite fille et lui tend le portrait.

– Tiens, ma chérie. Cela te fait donc tant plaisir ?

L'enfant saute dans les bras de son père.

– Il est magnifique ! Merci, papa ! Je pourrai le mettre dans ma chambre, dis ?

– Bien sûr, si tu le souhaites.

Puis il se redresse et ajuste son chapeau. Célestine ne lui trouve plus du tout l'air orgueilleux.

– Depuis qu'elle vous a vue danser sur le boulevard Haussmann, ma fille rêve de vous ressembler, explique-t-il. J'ai cru que ça lui passerait, mais c'est le contraire. Chaque jour, elle m'entretient de son désir de devenir ballerine... comme vous, mademoiselle Clémentine.

– Je m'appelle Célestine, monsieur. Célestine Legrain. Et voici mes amies, Iris Montfort et Lison Jeantout. Nous sommes élèves à l'Opéra de Paris.

– À l'Opéra de Paris ? répète l'homme, étonné. Mais, je croyais que...

– Que je venais de Saint-Pétersbourg ? Ce n'est pas vrai ! C'était une invention de monsieur Robinot pour faire rêver les gens et attirer le public.

– Mais alors… expliquez-moi ce que des élèves de l'Opéra de Paris font dans ce quartier populaire ? C'est dangereux de traîner par ici. Il y a un tas de voyous et de voleurs…

Iris et Lison baissent la tête. Célestine ne sait plus quoi dire. C'est Thomas qui vient à son secours.

– On se balade, m'sieur ! On voulait prendre l'air de la campagne. Et vous ? demande Thomas. Vous aussi, vous venez vous promener par ici !

– Moi, c'est différent. Je suis monsieur Rauline, architecte, responsable du Sacré-Cœur. Je viens voir l'avancée des travaux. Quant à ma petite Castille, je… je n'arrive pas à la laisser avec sa gouvernante. Depuis la mort de sa mère, elle ne veut plus me quitter. Alors je l'emmène partout !

– Oh ! fait Célestine, attendrie, en regardant l'enfant serrer son portrait sur son cœur. C'est vrai que tu veux devenir ballerine, Castille ?

– Oui, comme toi, Clémentine ! répond la petite fille en se jetant à son cou. Regarde, je sais déjà faire de la danse, moi aussi !

Et aussitôt l'enfant se lance dans une démonstration de figures que Mademoiselle Mauri jugerait sûrement… approximatives ! Lison et Iris applaudissent.

– Bravo, Castille ! Si tu continues à t'entraîner régulièrement, tu pourras bientôt entrer à l'Opéra ! Tu verras comme c'est merveilleux d'être un petit rat !

Castille tire la main de son père.

– Oh, papa, je peux rester avec les gentilles filles, dis ? Comme ça, elles m'apprendront à danser !

– Hélas, il est l'heure de rentrer, mon trésor... La nuit tombe tôt, et nous sommes encore loin de la maison.

– Nous pouvons vous accompagner si vous voulez... propose Iris. Nous devons rentrer, nous aussi ! Et cette fois nous irons à pied, par les escaliers...

L'homme acquiesce. Les enfants descendent joyeusement les marches de la butte. Thomas fait monter Castille sur son dos et s'amuse à imiter le cheval. La petite fille rit aux éclats. Célestine, Iris et Lison bavardent gaiement.

Chapitre 6

Monsieur Rauline suit le petit groupe, un sourire aux lèvres. Le soir tombe. Une à une, les flammes jaunes des becs de gaz s'allument dans le crépuscule bleuâtre. En bas de la colline, les restaurants et les théâtres jettent dans l'obscurité l'éclat de leurs enseignes.

Célestine prend le bras de Lison.

– Tu sais, ce n'est pas comme ça que j'imaginais la journée !

– On voulait vraiment t'emmener à la montagne ! ajoute Iris.

– Ce n'était peut-être pas la montagne, mais c'était merveilleux ! affirme Lison.

Arrivé en bas des escaliers, monsieur Rauline demande à Célestine :

– Dites, mademoiselle, cela vous plairait-il de venir donner des leçons privées à ma petite Castille ? Vous auriez moins froid que sur le boulevard, et je vous paierais bien.

Célestine n'en croit pas ses oreilles. Elle ? Professeure de danse, comme Mademoiselle Mauri ? Elle n'est pas sûre d'être à la hauteur d'une telle fonction.

– Oh, je... enfin... je ne sais pas... c'est que... bredouille-t-elle.

Mais Castille tire sur son bras.

Chapitre 6

– Allez, Clémentine ! Dis oui ! Je te promets que je serai la meilleure élève du monde !

Le petit rat ne peut s'empêcher de sourire.

– Eh bien, c'est d'accord ! Je pourrais venir le soir, après les cours. Disons… mardi ?

– C'est parfait ! À mardi, Célestine ! Oh, j'oubliais… Voici mon adresse, ajoute l'architecte en lui tendant une carte. Nous ne sommes pas très loin de l'Opéra, deux kilomètres à peine ! Si tu suis le boulevard Haussmann en direction de la place de l'Étoile, tu y seras en moins de trente minutes !

L'homme s'éloigne avec sa fille, qui ne cesse de se retourner pour saluer Célestine en agitant sa petite main…

Chapitre 7

Lorsqu'elles retournent en cours le lundi suivant, Iris et Célestine sont heureuses de découvrir que Lison est plus concentrée, plus attentive aux conseils de Mademoiselle Mauri. La professeure la félicite pour sa grâce et son sourire. On dirait que leur escapade sur la colline de Montmartre lui a rendu sa gaieté. Cependant, Célestine n'est pas complètement rassurée. Elle sait que le mal du pays ne passe pas aussi vite et qu'il va lui falloir trouver d'autres idées pour que la guérison de son amie soit totale et définitive. Il ne faudrait pas que Lison rechute à quelques semaines de l'examen. Ou pire : qu'elle échoue le jour de l'audition !

Le lendemain, après les cours, elle fait part de son inquiétude à Iris dans le vestibule de l'Opéra.

– Et que comptes-tu faire, cette fois ? lui demande son amie.

– Je ne sais pas encore... avoue Célestine. J'y réfléchirai en me rendant chez monsieur Rauline pour le cours de Castille.

– Mon Dieu, c'est vrai ! J'avais oublié que nous sommes mardi ! C'est aujourd'hui que tu deviens professeure de danse !

– Professeure, n'exagérons pas ! tempère Célestine. Je vais seulement lui montrer ce que je sais faire... en attendant qu'elle soit assez grande pour rejoindre l'école de ballet. Cela me permettra de gagner un peu de sous pour aider maman à payer ma chambre à la pension Gordon. Les affaires ne vont pas fort en ce moment à Lille, alors si je peux participer...

– Je comprends. Et puis, Castille est tellement adorable ! J'aimerais bien avoir une petite sœur comme elle.

– Moi aussi. Son histoire m'a émue. Ce ne doit pas être facile de grandir sans sa maman. Elle est encore si jeune !

Les deux amies restent un moment silencieuses, perdues dans leurs pensées. Soudain, l'église de la Madeleine sonne cinq coups.

– Il est temps que j'y aille ! lance Célestine.

– Tu connais le chemin ? Je ne voudrais pas que tu te perdes...

– Ne t'inquiète pas pour moi, c'est très simple ! Monsieur Rauline m'a expliqué comment m'y rendre. À demain, Iris !

Et aussitôt, elle s'élance hors de l'Opéra.

Dehors, le froid est vif. Célestine souffle sur ses doigts sans s'arrêter de courir. Elle longe la façade ouest. Derrière le monument, une grosse charrette tirée par deux chevaux sort de la cour nord et l'empêche de rejoindre le boulevard.

– Eh, Moineau ! Mais, qu'est-ce que tu fais ici ?

Célestine fait volte-face. C'est monsieur Pardoux, le concierge de l'Opéra.

– Bonjour, m'sieur ! Pardonnez-moi, je suis pressée !

– Ah çà ! je le vois bien que tu es pressée, mais fais attention tout de même ! Les ouvriers chargent les décors, c'est drôlement lourd ! Si un truc pareil te tombe sur les pieds, comment tu t'y prendras pour danser, hein ?

– Ils chargent les décors ? répète Célestine. Mais pourquoi ?

– Parce qu'on change de spectacle, pardi !

– Chaud devant ! crie un homme. Attention, les gars ! Il y a une marche !

Célestine recule brusquement. Quatre hommes sortent par la porte arrière de l'Opéra en portant sur leurs épaules une toile qui représente une nuit étoilée, fixée sur un cadre en bois. Ils suent sous leurs casquettes et s'encouragent en criant des « Ho hisse ! » cadencés.

– C'est le décor de *La Flûte enchantée*, explique monsieur Pardoux en les regardant hisser l'immense cadre dans la charrette, où d'autres sont déjà entassés. Qu'est-ce que c'était beau... ajoute-t-il, rêveur. Si tu avais entendu l'air de la Reine de la Nuit, Célestine... On se serait cru au paradis !

– Mais, m'sieur Pardoux, que vont-ils faire du décor maintenant ? Je croyais qu'on les gardait tous à l'Opéra !

– Tu plaisantes ? Regarde un peu la taille de ces toiles ! On n'aurait pas la place de les

conserver ! Quand un spectacle est fini, on les décroche et on les emporte dans un bâtiment spécial, situé à l'autre bout de la ville, du côté des fortifications...

– Ah ? Et qu'est-ce qu'elles deviennent ensuite ?

– Eh bien, on les répare, on les restaure, on les conserve pour pouvoir les réutiliser le jour où le spectacle reviendra à l'affiche.

Célestine hoche la tête. Décidément, l'Opéra est plein de mystères... Elle a beau y vivre depuis presque un an, elle est toujours surprise. Le conducteur de la charrette se retourne.

– Ça y est, les gars ? On peut y aller maintenant ?

– Quand tu voudras !

Les ouvriers s'épongent le front avec leurs mouchoirs puis sautent dans la voiture. Celle-ci s'ébranle. Les toiles, retenues par de grosses cordes, tanguent. Les hommes les retiennent. L'un d'eux soulève sa casquette.

– En route ! Aux Ateliers Berthier ! crie-t-il.

Célestine suit des yeux le convoi, qui disparaît à l'angle du boulevard Haussmann. Elle aimerait bien l'accompagner jusqu'à destination pour découvrir l'antre mystérieux où sont entreposés ces tableaux géants. Mais elle a une mission.

– Tu peux traverser maintenant, lui dit monsieur Pardoux, la voie est libre ! Mais la prochaine fois, fais attention, Moineau ! Sois prudente !

– Promis, m'sieur Pardoux ! lance-t-elle avant de reprendre sa course.

Chapitre 8

Lorsqu'elle arrive au 14 de la rue de Monceau, Célestine ouvre grand les yeux. Elle a rarement vu des demeures aussi imposantes. L'hôtel particulier est une grande maison de vingt fenêtres au moins, située au fond d'une cour fermée par un immense portail doré. Surprise, Célestine sort la carte de sa poche pour vérifier l'adresse. 14, rue de Monceau... c'est bien ici que vivent les Rauline ! Le cœur battant, elle tire sur la chaîne de fer reliée à la clochette. Aussitôt, un énorme chien surgit derrière la grille et se met à aboyer.

– Silence, Brutus ! crie une voix. Ah ! Vas-tu te taire !?

Un homme avec d'épaisses moustaches, coiffé d'une casquette, apparaît à son tour. Il ouvre un petit portillon, à droite du portail. Il examine Célestine de la tête aux pieds, fronce les sourcils et demande d'une voix sévère :

– Que voulez-vous ?

– Je m'appelle Célestine Legrain et…

– C'est pour une place de domestique ? Alors, demi-tour ! C'est l'entrée des maîtres ici, pas du personnel !

– Mais, je ne suis pas domestique ! réplique Célestine. Je suis professeure ! Je viens pour enseigner la danse à mademoiselle Castille Rauline !

– Enseigner la danse ? répète l'homme, éberlué. Tu ne crois pas que tu es un peu jeune pour ça ?

Célestine hausse les épaules.

– Si monsieur Rauline me l'a demandé, c'est qu'il me jugeait assez grande pour le faire, m'sieur !

Le gardien se gratte nerveusement le menton. Décidément, cette gamine lui pose un problème. Une professeure de danse est-elle une domestique, ou une invitée ? Comment doit-il la traiter ? Et par où la faire entrer ? Le chien se remet à gronder. Célestine s'impatiente.

– Alors, vous me laissez passer, oui ou non ?

– Bon, viens avec moi. Mais je te préviens... si tu as menti, gare à toi ! Monsieur n'a pas de temps à perdre, avec les responsabilités qu'il a !

À ce moment-là, monsieur Rauline surgit sur le perron.

– Ah, Célestine ! Te voilà enfin ! s'exclame-t-il. Viens vite, Castille t'attend avec impatience.

Le petit rat ne peut s'empêcher d'adresser au gardien un sourire satisfait et de murmurer à son intention :

– Vous voyez ! C'est ce que je vous disais, je suis attendue avec im-pa-tience !

À la suite de monsieur Rauline, Célestine s'engouffre dans la gigantesque demeure. Le vestibule est entièrement en marbre : elle n'a jamais rien vu d'aussi grandiose. Des tableaux bordés de dorures sont accrochés aux murs. Un tapis moelleux, orné d'arabesques compliquées, amortit le bruit de ses pas. Elle jette un regard dans l'immense glace au cadre doré qui occupe un pan entier de la pièce. Elle se trouve tout à coup très petite et très modeste, avec ses bottines crottées et sa cape un peu trop courte pour elle. Mais monsieur Rauline la met à l'aise :

– Voilà, Célestine, c'est ici que nous vivons. Je te remercie d'être venue ! C'est une grande joie pour Castille de t'accueillir, et c'est un honneur pour nous deux de recevoir une élève de l'école de ballet.

Puis, devinant que Célestine est impressionnée par les proportions de la maison, il ajoute :

– Bien sûr, toi qui es habituée au décor grandiose de l'Opéra, rien ne doit plus t'éblouir... Après tout, tu vis au quotidien dans « le Palais des fées », n'est-ce pas ? Du moins, c'est ainsi que l'appelle mon ami Charles Garnier.

– Ça alors ! fait Célestine en ôtant sa pèlerine. Vous connaissez monsieur Garnier, l'architecte de l'Opéra ?

–Bien sûr ! C'est un ami très cher et un merveilleux collaborateur ! Nous travaillons ensemble sur le chantier du Sacré-Cœur. C'est aussi le parrain de Castille.

–Ça alors... Jamais je n'aurais cru que j'enseignerais la danse à la filleule de monsieur Garnier ! souffle Célestine, très impressionnée. Quand j'écrirai ça à maman, elle ne pourra pas le croire.

Intérieurement, elle ajoute pour elle-même : « Et quand je raconterai ça à l'école, Solange en mangera ses chaussons ! » Monsieur Rauline agite une clochette posée sur un guéridon.

–J'appelle Nicolette, c'est la femme de chambre de Castille. Elle va te conduire à ses appartements, au premier étage. Quant à moi, j'ai du travail. Au revoir, Célestine.

–Au revoir, monsieur.

–Ah ! j'oubliais le plus important ! remarque soudain l'architecte en revenant sur ses pas.

Il tire une pièce de deux francs de sa poche et la glisse dans la main de Célestine. Celle-ci est surprise. À vrai dire, elle est tellement heureuse d'enseigner la danse à la filleule de Charles Garnier qu'elle en avait oublié que c'était un travail rémunéré.

– Merci, monsieur, murmure-t-elle.

– Si mademoiselle veut bien me suivre ! Je vais la mener aux appartements de mademoiselle Castille, annonce la femme de chambre.

Célestine s'engage à sa suite dans un élégant escalier de marbre blanc, éclairé par des statues de bronze qui tiennent dans leurs mains des torches allumées. Sur le palier, une silhouette l'attend en battant des mains.

– Célestine ! Célestine ! Je suis là ! crie Castille en sautillant. On va danser dans mon petit salon, dis ?

« *Mon* petit salon ? » Le petit rat n'en croit pas ses oreilles. Alors, c'est bien vrai que, dans les riches demeures, les enfants ont un étage à eux tout seuls, avec un salon rien que pour eux ?

– Regarde ! s'écrie Castille en ouvrant une porte, c'est ici ! D'habitude, ajoute-t-elle à voix basse, je n'y viens jamais. Je ne l'aime pas parce que c'est une pièce trop triste et que les

tableaux me font peur. Mais il y a de la place pour danser, n'est-ce pas ? Toi aussi, tu danses dans ton salon ?

Célestine admire la pièce. Les murs sont couverts de portraits d'ancêtres aux uniformes flamboyants et aux regards sévères.

– Euh… non. Quand j'avais ton âge, je virevoltais dans l'arrière-boutique de la blanchisserie de ma mère, à Lille. Et maintenant, je m'entraîne à l'Opéra, dans une salle de cours située sous les toits. Il y fait très chaud l'été et très froid l'hiver, à cause des toits en zinc. Mais la vue est sublime, et ça ne nous empêche pas de danser !

– Oh, ça ne doit pas être drôle d'avoir froid en hiver… constate Castille. Alors, on commence ?

– On commence ! approuve Célestine en essayant de prendre une voix assurée. Jambes tendues, pieds ouverts… première position !

Chapitre 9

Ce n'est pas facile d'enseigner la danse à une enfant de six ans ! Castille a beau être adorable, elle a du mal à rester attentive, se trompe de position, oublie les conseils de Célestine, s'amuse à glisser sur le parquet. Après une heure de cours, la jeune professeure est épuisée.

– Je crois que c'est fini pour aujourd'hui ! lance-t-elle.

– Oh non ! Déjà ? soupire Castille en sautant dans ses bras. Tu reviens demain, dis ?

– Non, pas demain. Mais mardi prochain.

– Oh, c'est drôlement loin, mardi prochain… remarque la petite fille, déçue. Tu restes un peu ? Tu joues avec moi ? demande-t-elle en apportant une magnifique poupée de porcelaine habillée à la dernière mode, qui trône sur un fauteuil du salon.

Célestine secoue la tête.

– Non, je n'ai pas le temps. Il faut que je rentre à la pension si je veux pouvoir dîner.

– Tu n'as qu'à souper ici ! Je vais dire à Nicolette d'ajouter un couvert ! s'écrie la fillette en agitant la clochette.

– Non, non, je ne peux pas ! proteste Célestine. Les portes de la pension ferment à huit heures, je dois me dépêcher ! Regarde, il fait déjà nuit ! explique-t-elle en montrant par la fenêtre le parc plongé dans l'obscurité.

Castille enfouit son visage entre ses mains et se met à sangloter. Célestine est décontenancée par son chagrin. Comme

elle doit être seule ! Son cœur se serre à la pensée des jours et des nuits qu'elle passe dans ces appartements immenses où personne ne doit jamais venir jouer avec elle. Le petit rat se baisse à la hauteur de l'enfant et lui prend la main.

– Écoute-moi, Castille, lui murmure-t-elle. Ce soir, il est trop tard. Mais la prochaine fois que je viendrai, je jouerai un peu avec toi.

– Promis ? hoquette l'enfant entre deux sanglots.

– Promis !

– Alors je ne pleure plus ! déclare-t-elle en relevant la tête.

– C'est bien, dit Célestine en lui caressant les cheveux.

Avant de partir, elle observe longuement la pièce pour pouvoir la décrire à Adèle dès qu'elle rentrera à la pension. Quand, soudain, une photographie posée sur un guéridon attire son œil. Célestine s'en approche et saisit le cadre.

– Mais, c'est Anna Pavlova… souffle-t-elle, stupéfaite.

La photographie en noir et blanc représente l'étoile russe en tutu, dans un décor de montagnes. Dans l'angle droit du cadre, une main a écrit à l'encre noire : « Pour Castille. Amitiés, Anna. »

– Tu la connais, Anna Pavlova ? demande Castille.

– Oui… enfin, non… bredouille Célestine en se souvenant de ce cours particulier donné par la danseuse dans les salons du Ritz. Disons, un petit peu… Et toi ?

– Oh oui, moi, je l'ai vue danser *Giselle* ! s'exclame l'enfant. Et puis, elle est déjà venue à la maison, car mon papa l'a invitée à une de ces fêtes qu'il donne dans les jardins, l'été. Mais là, elle n'a pas dansé, elle ne portait même pas de tutu, on aurait dit une femme ordinaire…

Célestine sourit. Elle ne précise pas qu'elle a déjà vu cette « femme ordinaire » en robe de chambre et qu'elle a même sauvé son petit chien des flammes quand le palace avait failli brûler[22].

Des bruits de pas approchent, ce doit être Nicolette. Vite, Célestine repose le cadre et embrasse Castille.

– À mardi ! lance-t-elle en disparaissant dans l'escalier de marbre.

---

22. Voir le tome 5, *Une étoile à Paris*.

Le chemin jusqu'à la pension est long. Mais il lui faut bien ces trente minutes de marche pour remettre ses idées à l'endroit. D'abord, l'hôtel particulier de monsieur Rauline, les appartements de Castille qu'elle veut décrire à ses amies dans les moindres détails… Ensuite, la petite, qui est la filleule de Charles Garnier. Et maintenant, Anna Pavlova, qui serait venue plusieurs fois chez l'architecte, dont elle est une amie ! Célestine presse le pas, son cœur bat la chamade. Il n'y a peut-être que deux kilomètres entre la rue Daunou et la rue de Monceau, mais ce soir, la fillette a l'impression de revenir d'un autre monde.

Chapitre 10

– Et tu dis qu'Anna Pavlova est une amie de monsieur Rauline ?

Assise en tailleur sur son lit, dans leur chambre de la pension Gordon, Adèle ne peut en croire ses oreilles. Célestine est devenue la professeure d'une enfant de six ans, filleule de Charles Garnier et amie d'Anna Pavlova !

– Certaine ! D'abord, je l'ai bien reconnue sur la photo ! Et puis c'était son écriture, et elle a écrit « amitiés ». Castille m'a dit qu'elle était allée la voir dans *Giselle*.

– *Giselle* ! répète Adèle. Comme j'ai aimé danser ce ballet ! Je crois que c'est celui que j'ai préféré parmi ceux de l'année dernière. J'avais un petit rôle, bien sûr, mais... c'était si romantique, cette histoire d'amour impossible entre Giselle et Albrecht dans les montagnes de Germanie !

– Oh ! fait soudain Célestine. Attends un peu... Tu dis que ça se déroule à la montagne ?

– Oui...

– Alors ça... Et les décors, comment étaient-ils ?

– Magnifiques ! Je crois que je n'en ai jamais vu d'aussi beaux... Des forêts de sapins, des petits chalets, une cascade aux reflets d'argent ! C'était tellement réaliste qu'on se serait cru à la montagne, comme au Village suisse de l'Exposition universelle, tu te rappelles ?

Les yeux de Célestine s'agrandissent.

– Peux-tu répéter ?

– J'ai dit qu'on se serait cru au Village suisse...

– Non ! Avant !

– C'était tellement réaliste qu'on se serait réellement cru à la montagne.

– Mais oui ! s'écrie Célestine. La voilà, la bonne idée !

– Quoi donc ?

– Oh, Adèle, tu es merveilleuse !

Adèle fronce les sourcils.

– Célestine...

– Je ne peux rien te dire maintenant, mais fais-moi confiance...

– Promets-moi que tu ne prendras aucun risque.

– Promis ! fait Célestine en soufflant la bougie. Dors bien !

– Bonne nuit, Célestine, soupire Adèle, qui se méfie toujours un peu des bonnes idées de son intrépide amie.

Lorsqu'elle ferme les yeux, Célestine voit monsieur Rauline qui l'attend sur le perron de son hôtel particulier, en costume de soirée. Castille apparaît dans une sublime robe rose et s'écrie : « C'est une fête en ton honneur ! » Dans le jardin, sous des lumières de toutes les couleurs, un orchestre joue une valse. Célestine reconnaît Charles Garnier. Il danse avec Anna Pavlova sous les arbres de la rue de Monceau... Et le petit rat s'endort, un sourire aux lèvres.

Chapitre 10

Le lendemain, à peine les cours terminés, Célestine se précipite vers la loge de monsieur Pardoux qui l'accueille avec un large sourire.

– Célestine ! Ma parole, il y a bien longtemps que tu n'es pas venue me rendre visite ! Qu'est-ce qui t'amène, Moineau ?

– Mais, m'sieur Pardoux ! Vous n'avez plus besoin que je vienne, vous savez lire tout seul maintenant !

– Peut-être, mais un peu de compagnie fait toujours plaisir, même à un vieux gardien bourru comme moi !

– Moi, je ne vous trouve pas très vieux, réplique Célestine. Et puis, vous n'êtes bourru qu'en apparence. Après, quand on vous connaît, on se rend compte que vous êtes drôlement gentil !

– Hum… fait le concierge, visiblement touché par ce compliment. Et si tu me disais plutôt ce que tu es venue chercher ?

– J'ai besoin d'un renseignement : vous vous souvenez de la charrette qui transportait les décors, hier ?

Monsieur Pardoux hoche la tête.

– Vous m'avez dit qu'elle les emportait dans des ateliers à l'autre bout de la ville, c'est ça ?

– Parfaitement. L'atelier est au 32, boulevard Berthier, si tu veux tout savoir, du côté des fortifications. Mais pourquoi cette question ?

Célestine répond d'un geste vague.

– 32, boulevard Berthier... répète-t-elle lentement. Et ces livraisons, elles ont lieu tous les jours ?

– Oh non, pas tous les jours ! Ça dépend des ballets à l'affiche. Tiens, vendredi par exemple, ils doivent nous rapporter un décor de *La Bayadère*.

– Vendredi ? À quelle heure ?

– Ah çà, diable, je n'en sais rien ! Généralement, ils livrent en fin de journée, vers cinq heures. Mais c'est très variable.

– Cinq heures, ce serait parfait… murmure Célestine pour elle-même.

– Mais dis-moi, que traficotes-tu encore ? Et tu ne devrais pas être en cours à cette heure-ci ?

– Mon Dieu ! Vous avez raison ! s'exclame Célestine en regardant la montre du gardien. Bonne journée, m'sieur Pardoux, à bientôt !

Chapitre 11

Ce soir-là, il pleut à verse. Thomas s'est abrité sous le péristyle[23] pour attendre Célestine. Lorsque celle-ci sort de l'Opéra après les cours, il la hèle avec de grands gestes.

– Tom, mais que fais-tu ici ? demande-t-elle, assez fort pour couvrir le bruit de l'eau qui dévale les gouttières et s'écoule entre les pavés.

– Je... je vais t'expliquer... Allons un peu plus loin, si tu veux bien.

Célestine relève sa capuche et prend la main de son ami. Ensemble, ils contournent

23. Élément de décor en architecture, comme une rangée de colonnes.

les flaques, sautent par-dessus les caniveaux transformés en torrents, évitent les fiacres qui manquent de les éclabousser.

– Par ici ! dit Thomas quand ils arrivent sur le boulevard Haussmann.

Les deux enfants s'abritent sous la marquise[24] qui surplombe l'entrée du Printemps.

– Quelle pluie, hein ! déclare Thomas en s'ébrouant.

Célestine essore sa capuche et essuie son front avec son mouchoir.

– Qu'est-ce que c'est que ça ? interroge-t-elle Thomas en désignant le panier qu'il porte à son bras.

---

24. Auvent permettant de s'abriter de la pluie ou de se protéger du soleil.

Chapitre 11

– Ça, c'est une surprise ! annonce le garçon d'un air mystérieux. Tu m'as bien dit que Lison avait le mal du pays, c'est ça ?

Célestine hoche la tête.

– Et son pays, c'est l'Auvergne ?

– Oui. Mais où veux-tu en venir ?

– Aux bougnats !

– Aux bou... quoi ?

– Aux bougnats... Ce sont des Auvergnats qui sont venus s'installer à Paris pour y trouver du turbin, ou du travail, si tu préfères... Enfin, c'est ce que mon père m'a expliqué. Y en a un tas à Paris, figure-toi !

– Vraiment ? Des Auvergnats... comme Lison ?

– Exactement ! Ils ont ouvert des commerces, des cafés où on peut aussi acheter du charbon, *Vins et charbons* que ça s'appelle ! La patronne sert les clients pendant que son mari livre le charbon... Papa dit que leur nom vient de là : charbon et Auvergnat, ça fait « charbognat », et de là, « bougnat ».

– Hum... je comprends. Et il y en a par ici, des bougnats ?

– Oh non, c'est bien trop chic par ici pour qu'on trouve ce genre de boutique... Mais il y en a une rue des Martyrs, tenue par la mère Jeanine, où on va avec mon père casser la croûte quelquefois. Hier, je lui ai parlé de Lison. Quand Jeanine a su qu'il y avait à Paris une gamine qu'était malheureuse comme les pierres d'avoir quitté le pays, elle m'a donné du saucisson et des fromages d'Auvergne... « De quoi lui faire passer son mal », qu'elle a dit comme ça !

– Oh, c'est formidable ! Et ces provisions... ?

– Elles sont là, dans mon panier, répond Thomas en soulevant le rabat. Je voulais les apporter moi-même à Lison, mais je n'ai pas osé, rapport à votre école qui est drôlement chic. J'aurais eu l'air d'un guignol avec mon panier qui sent le fromage...

Célestine sourit. Elle se souvient de sa propre timidité en découvrant le vestibule des Rauline.

– Tu sais, il ne faut pas te laisser impressionner ! assure-t-elle à Tom. Et puis, je suis sûre que ça fera vraiment plaisir à Lison. « Il n'y a rien de mieux que les saveurs de son pays pour vous mettre du baume au cœur », dit toujours maman. Moi, chaque fois que je mange des frites ou des gaufres, j'ai l'impression de revenir à Lille. Je n'ai qu'à fermer les yeux, et il me semble que je suis dans l'arrière-boutique de la blanchisserie, comme quand je dévorais en cachette les cornets de frites que me donnait madame Suzanne, après l'école... Enfin, à condition qu'elles soient bien cuites, croustillantes et moelleuses à la fois, et salées juste comme il faut !

– Alors, tu pourras lui remettre les provisions de ma part ? demande Tom.

Célestine fait la moue.

– Attends, je réfléchis...

Soudain, une femme très élégante pousse la grande porte à battant du magasin. Elle est suivie par un employé, les bras chargés de paquets à la marque du Printemps.

– Enfin, poussez-vous donc, les enfants ! Ce n'est pas un parloir ici ! maugrée l'homme en fusillant Célestine du regard.

Celle-ci referme le panier de Thomas et déclare avec enthousiasme :

– J'ai une meilleure idée, Tom ! Tu vas les lui remettre toi-même !

– Moi ? Mais quand ? Je ne peux pas aller à l'Opéra avec mes fromages et mes saucissons !

– Non, pas à l'Opéra. Mais boulevard Berthier !

– Boulevard Berthier ? Je ne comprends pas.

– Je vais t'expliquer, dit Célestine en tendant la main hors de la marquise. Viens ! Il ne pleut plus !

Les deux amis remontent ensemble vers l'Opéra en bavardant, puis s'arrêtent, émerveillés : un arc-en-ciel s'élève au-dessus de la ville, dont les toits brillent comme des miroirs sous l'éclat du soleil revenu.

Chapitre 12

Le vendredi, après les cours, Célestine ne suit pas ses amies dans le vestiaire. Elle s'attarde dans le studio en attendant que les autres élèves le quittent. Puis, lorsqu'elle est enfin seule avec leur professeure, elle s'approche de celle-ci :

– S'il vous plaît, mademoiselle, pourrais-je vous demander une faveur ?

– Une faveur ? Laquelle ?

– C'est pour Lison...

– Ah, Lison ! Je suis bien contente de l'avoir retrouvée comme avant, si douce et si gaie, depuis que vous l'avez emmenée à

Montmartre ! s'exclame Mademoiselle Mauri. Merci, Célestine. Cela se voit, à la façon dont elle danse...

– Que voulez-vous dire ?

– Eh bien, nous, les artistes, nous ressentons tout plus fort que les autres. Et cela influe sur notre art. On ne danse pas seulement avec son corps, mais avec sa tête et son cœur !

Célestine hoche la tête.

– Je comprends. C'est vrai que Lison va mieux. Mais vous savez, Mademoiselle, le mal du pays ne se guérit pas aussi facilement... Et je ne voudrais pas que Lison redevienne mélancolique alors que les examens approchent. C'est pourquoi j'ai eu une idée merveilleuse !

– Laquelle ?

– Accepteriez-vous que Lison vienne souper avec moi ce soir ? On fera un pique-nique avec des produits auvergnats qu'un ami a trouvés chez des bougnats de Paris !

Chapitre 12

Mademoiselle Mauri réfléchit un instant et hoche la tête.

– C'est une excellente idée ! À condition, naturellement, que vous ne rentriez pas trop tard...

– C'est promis ! Nous serons de retour avant huit heures ! lance Célestine. Merci, mademoiselle !

La professeure, un peu étonnée, regarde son élève s'échapper. Célestine traverse en trombe la salle où les petits rats se changent. Elle ne bavarde pas avec ses amies, ne plaisante pas avec elles. Elle enfile au plus vite sa robe, ses bottines et sa cape, saisit son sac, salue et dévale à toute allure les escaliers. Iris et Lison, décontenancées par sa précipitation, échangent des regards interrogateurs.

Sous les arcades de l'Opéra, Célestine reconnaît Thomas qui attend Lison, son panier sous le bras, comme convenu. Elle lui adresse un signe de la main et poursuit sa course à l'arrière de l'édifice. Elle jette un œil à travers la grille qui ferme la cour nord : personne. Vite, Célestine emprunte un petit portillon et se dissimule derrière une colonne de marbre. Son cœur bat la chamade. Et si le convoi ne venait pas ? Et si son plan échouait ? « Mais non, voyons ! » se raisonne-t-elle. *La Bayadère* doit avoir lieu la semaine prochaine, il faut que les ouvriers viennent installer le décor... Une pluie fine se met à tomber. Célestine ferme les yeux. À l'heure qu'il est, Lison a dû sortir de la salle de cours. A-t-elle retrouvé Tom ? Où sont-ils en ce moment ? Soudain, la grille de la cour grince. Une voiture couverte d'une bâche en grosse toile s'arrête devant l'entrée des artistes.

– Par ici, les gars ! Et qu'ça saute ! crie un homme, les mains en porte-voix. Avec ce temps, il ne faut pas lambiner…

Aussitôt, trois hommes surgissent de dessous la bâche et chargent sur leurs épaules de grands panneaux recouverts de draps blancs.

– Le décor de *La Bayadère*… murmure Célestine.

Les hommes s'engouffrent dans l'Opéra en se protégeant du crachin. Vite ! C'est le moment ou jamais !

Célestine sort de sa cachette, traverse la cour, soulève la bâche et saute dans la carriole. Elle essaie de se faire une place entre les cordes, les outils et les chiffons qui traînent sur le plancher. Elle se recroqueville dans un angle obscur pour se faire toute petite, entoure ses genoux de ses bras et baisse la tête. Ça sent la colle et la térébenthine, c'est sombre et inconfortable, mais au moins, elle est à l'abri.

– Cette fois, c'est bon, les gars ! crie le chef. Je ramène la voiture à l'atelier ! Vous pouvez rentrer chez vous, la journée est finie !

– Tu es sûr qu'il ne reste rien ? demande un ouvrier en relevant un coin de la bâche.

Célestine retient son souffle et rabat sa cape sur elle.

Chapitre 12

– Y a plus rien, j'te dis ! Allez, *yah* ! s'époumone le chef en cinglant l'air de son fouet.

La carriole s'ébranle, Célestine s'accroche. C'est parti ! Sous la bâche en grosse toile, elle ne voit rien, mais elle devine la grille qu'on referme et l'Opéra qui s'éloigne tandis que l'on s'engage sur le boulevard Haussmann. Elle entend les pas des chevaux sur les pavés, les roues des calèches et les boniments des vendeurs qui proposent leurs marchandises aux passants du boulevard. La charrette, délestée du poids de ses décors, avance à vive allure. Parfois la voiture ralentit, et Célestine entend la voix du cocher hurler : « Eh, pousse-toi donc, avec ton âne ! », et même des jurons. Puis les bruits de la rue s'amenuisent, on perçoit moins de voitures et plus de chants d'oiseaux. Des chiens aboient, un ramoneur propose ses services. « On a dû quitter la ville », pense Célestine. Elle se souvient de l'atmosphère rurale des fortifications, où les gens vivent dans des baraques de fortune sur de grands terrains vagues. Des odeurs de friture pénètrent sous la bâche. Enfin, la carriole freine et s'immobilise tout à fait. Célestine entend le cocher sauter à terre. Est-ce qu'elle est arrivée ? Elle entend une porte de fer s'ouvrir en grinçant. La voiture s'y engage puis s'arrête. Maintenant, l'homme doit détacher les chevaux. Tout à coup, la charrette penche en avant. Célestine se retient au rebord et s'agrippe des deux mains pour ne pas glisser ! Les sabots des chevaux s'éloignent. La porte se referme dans un bruit sourd.

Ouf ! Il était temps ! Célestine attend une dizaine de minutes sans bouger. Elle tend l'oreille puis, s'étant assurée qu'elle ne risque rien, soulève la bâche et saute à terre. Une odeur très forte de peinture et de colle emplit l'espace. Dans la semi-obscurité du hangar, elle devine des décors, suspendus sur des cintres. Elle cherche une lumière, trouve un bureau, tâtonne un peu et découvre une lampe à pétrole. Elle tourne la petite manivelle, la mèche s'allume et le hangar s'éclaire. Célestine n'en croit pas ses yeux. Partout autour d'elle, d'immenses toiles déroulent du plafond jusqu'au sol leurs paysages mystérieux et oniriques[25]. À sa droite, une forêt profonde sous un croissant de lune, à sa gauche, un lac entouré de roseaux où flottent des nénuphars. Le petit rat se retourne complètement et, soudain, découvre devant elle la montagne de *Giselle* avec ses sapins, ses chalets et sa cascade d'argent ! Vite, Célestine trouve d'autres lampes, des bougies, des chandelles, qu'elle allume au pied du décor. Elle relève la tête.

– Que c'est beau, murmure-t-elle. Cette fois, Lison se sentira vraiment chez elle !

---

25. Irréels, sortis d'un rêve.

À peine a-t-elle fini qu'on frappe à la porte. Deux coups forts, deux coups faibles. C'est le signal convenu avec Thomas. Juste à temps !

Célestine traverse les ateliers à pas de loup, déverrouille, entrouvre la porte et y passe la tête. Sur le seuil se trouvent ses deux amis.

– Célestine ? Mais que... ? bredouille Lison. Je n'y comprends plus rien...

Célestine pose un doigt sur sa bouche et fait signe à Thomas de nouer un foulard sur les yeux de sa camarade. Puis elle attrape Lison par la main et la guide à l'intérieur du hangar.

– Où sommes-nous ? demande Lison, dont la voix résonne sous la toiture de zinc.

– Chut ! C'est une surprise... chuchote Célestine en adressant un clin d'œil complice à Thomas.

Le garçon n'en revient pas. Il observe, ébahi, la disposition des toiles peintes qui composent un décor merveilleux et coloré. Au pied du paysage de *Giselle*, il étale une couverture tirée de son panier, puis dispose dessus les saucissons et les fromages de madame Jeanine.

– Mais quelle est cette odeur ? Mmm... fait Lison. Mais je la reconnais ! C'est un fromage de chez moi, du saint-nectaire ! affirme-t-elle d'une voix émue.

Célestine fait un signe à Thomas. Alors, il dénoue le foulard qui empêche leur amie de voir, et celle-ci découvre, émerveillée, les montagnes, les sapins et la cascade, et dans ce décor magique, un pique-nique comme ceux de son enfance.

– Où sommes-nous ? s'étonne-t-elle, éberluée. Quelle est cette magie ? J'ai l'impression d'être en plein rêve !

– Nous sommes aux Ateliers Bert... commence Thomas.

Aussitôt, Célestine plaque une main sur sa bouche pour l'empêcher de continuer.

– Nous sommes en Auvergne, Lison, à Laroquebrou ! explique-t-elle en désignant la toile devant elle. Tu ne reconnais pas les montagnes ? Nous avons décidé d'y organiser un pique-nique !

Chapitre 12

–Je n'en crois pas mes yeux… murmure Lison. Célestine, tu es une magicienne ! Mais comment avez-vous fait ?

– Ça, c'est mon secret ! s'amuse Célestine en adressant un clin d'œil à Thomas. Et maintenant, à table ! Ça creuse, le grand air ! ajoute-t-elle en s'installant sur la couverture.

Thomas sort un Opinel de sa poche et découpe des rondelles de saucisson. Lison sourit en levant les yeux vers le toit. La nuit est tombée. À travers la verrière, la lune verse ses rayons pâles sur les toiles immenses. Les ombres des trois enfants se détachent sur le décor de *Giselle*. Lison passe ses bras autour des épaules de Célestine et de Thomas.

– Ma famille est peut-être en Auvergne, déclare-t-elle en les embrassant, mais mes meilleurs amis sont à Paris !

Les Ateliers Berthier

Dans le 17e arrondissement de Paris, au 32 du boulevard Berthier, se trouve un bâtiment industriel en brique, construit par Charles Garnier et Gustave Eiffel : les Ateliers Berthier. C'est là que l'on réalise, restaure et entrepose les décors de l'Opéra.

À l'origine, les décors étaient conservés dans le 9e arrondissement, rue Richer, au Magasin de décors de l'Opéra. Mais ce bâtiment brûle en 1894, et l'architecte Charles Garnier est chargé de le reconstruire. Il choisit un bastion des fortifications (l'ancienne muraille qui entourait la ville de Paris), dans un quartier désert, un peu à l'écart, pour éviter les risques d'incendie.

Le chantier s'achève en 1898. Le bâtiment central comprend une grande menuiserie, deux ateliers de peinture et une plate-forme surélevée destinée aux tapissiers. Il est encadré par deux bâtiments latéraux où l'on stocke les décors en les suspendant à des rails. De grandes verrières laissent passer la lumière du jour pour éclairer le travail des peintres. Pour prévenir les incendies, Charles Garnier invente un système moderne et ingénieux : chaque toile est surmontée d'une pomme de douche reliée à la fontaine située dans la cour.

Les machinistes râlent un peu : les nouveaux ateliers sont situés beaucoup plus loin de l'Opéra que les premiers ! Or les très lourdes toiles sont souvent trop grandes pour tenir dans une charrette, il faut alors les transporter à pied... Heureusement, aujourd'hui, de larges camions acheminent les décors jusqu'à la salle de spectacle.

En 2022, les Ateliers Berthier vont devenir la Cité du théâtre. Tu pourras donc t'y rendre, sur les traces de Célestine, Tom et Lison !

Célestine
petit rat de l'Opéra

Paris, 1900. Célestine, 11 ans, réalise son rêve et intègre l'école de danse de l'Opéra. Vive et déterminée, elle fait tout pour se faire une place dans la troupe des petits rats. Mais la compétition est rude... Heureusement, elle peut compter sur ses amis !

1

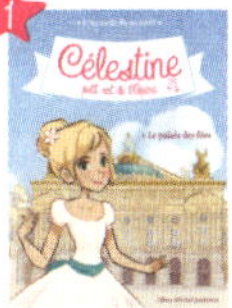

Célestine a un rêve :
devenir danseuse étoile.
Le grand jour du concours approche…
Parviendra-t-elle à intégrer le palais des fées ?

2

Le chausson rouge de Célestine est suspendu à la façade de l'Opéra !
Aidé de son amie Adèle, le petit rat va tout faire pour le récupérer…

3

La représentation de *La Sylphide* approche et les petits rats sont impatients d'y assister !
Mais Célestine a été privée de ballet…
Pourra-t-elle tout de même admirer son idole sur scène ?

4

Les chaussons de danse des petits rats disparaissent mystérieusement les uns après les autres ! L'enquête de Célestine et de ses amis les mènera jusqu'aux portes de Paris…

5

Anna Pavlova, la grande danseuse étoile russe, est à Paris pour quelques jours.
Célestine réussira-t-elle à la rencontrer ?

6

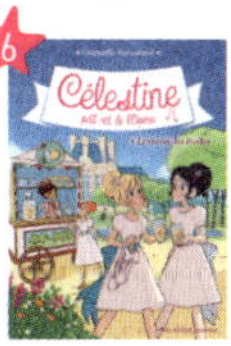

Célestine rencontre un couple charmant qui lui pose mille questions sur sa rencontre avec la célèbre ballerine Anna Pavlova… Mais peut-elle faire confiance à ces inconnus ?

7

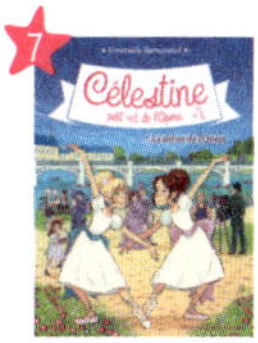

Un soir, la jeune domestique des Montfort s'approche de l'Opéra… et disparaît.
En menant l'enquête, Célestine découvre un lieu insolite dont elle ne soupçonnait pas l'existence…

8

La reine Victoria d'Angleterre va assister à une démonstration de danse à l'Opéra !
Pour Célestine, le moment est venu de faire ses preuves…

9

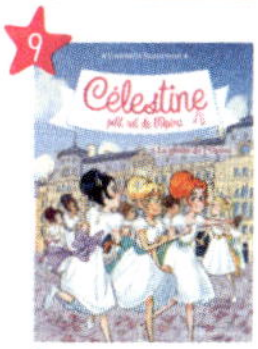

Mademoiselle Mauri s'apprête à quitter l'Opéra pour l'Angleterre… Célestine et ses amies parviendront-elles à la faire changer d'avis ?

10

Célestine compte les jours qui la séparent du réveillon de Noël et des retrouvailles avec sa mère.
Mais le chemin jusque-là s'annonce semé d'embûches…

11

Bientôt l'examen de fin d'année !
Malheureusement, Lison n'a pas le cœur à danser…

Lis très vite les nouvelles aventures de Célestine !

Tome 12 à paraître en juin 2021.

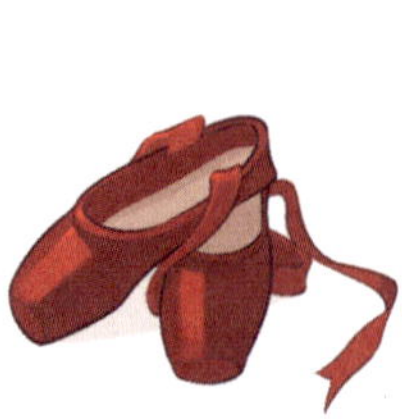

Conception graphique : Delphine Guéchot

Imprimé en France par Pollina s.a. en janvier 2021 - 96497
Dépôt légal : février 2021
Numéro d'édition : 24105/01
ISBN : 978-2-226-45325-9